Vorwort

Eingebettet in ein fiktives Projekt der Vereinten Nationen wird die heutige Unternehmenswelt mit ihren Anforderungen und Herausforderungen beschrieben.

Es wird ein Szenario geschildert, indem die These aufstellt wird, dass philosophisch ausgebildete Unternehmensteilnehmer erfolgreicher sind. In einer wissenschaftlichen Gedankenschule für Wirtschaft und Politik müssen die Schüler auch das Fach „Ethik" belegen. Ob dadurch in der Realität Verschwiegenheitsklauseln überflüssig gemacht würden? Oder Themen wie Bestechlichkeit, Compliance und betrügerische Absichten weniger häufig zur Sprache kämen?

Wie verhielte sich ein Unternehmen mit Spielern, die alle eine philosophische Zusatzausbildung hätten? Wären sie erfolgreicher bei der Optimierung von Prozessen, da sie es gewohnt sind, alles in Frage zu stellen und grundsätzlich zu analysieren, um die Bestandteile neu zusammenzusetzen? So wie die Journalistin Lily, die brennend daran interessiert ist ihre Fragen beantwortet zu bekommen, um herauszufinden, wie das Gesamtgefüge funktioniert (Kapitel 8). Machen auf diese Weise motivierte Spieler so manche Überzeugungsarbeit eines Veränderungsmanagements überflüssig?

Und wie würde sich eine solche philosophische Ausbildung auf Aktivitäten zur Förderung von Teambildung auswirken?

Herstellung und Verlag:
BoD - Books on Demand, Norderstedt
ISBN 978-3-7347-4679-6

Gehen diese Spieler von sich aus auf neue Spieler zu um herauszufinden, wer sie sind und was sie denken?

In diesem Buch hat sich ein kreativer, philosophisch orientierter Mensch wie die Hauptfigur Ariana genügend Gedanken gemacht um festzustellen, dass eine diplomatische Ausbildung für die Wirtschaft sehr nützlich sein kann, um Kunden für ihr globales Erfinderunternehmen zu gewinnen (Kapitel 7).

Wer wie Alain (Kapitel 3, Teil 2) gelernt hat, selbst zu denken, wird es gemäß der Buchthese vorziehen, seine Aufgaben selbst zu lösen und nur gelegentlich einige beratende Gedanken einzuladen. Und weniger einen Berater, Trainer oder Coach in Anspruch nehmen als sich mit seinen Mitspielern austauschen. - Oder selbst in diesen Berufen arbeiten.
Er würde vermutlich auch keine überflüssigen Diskussionen beginnen, wo es schlicht darum geht, die Arbeitsberge schnell und richtig abzuarbeiten, weil er erkannt hat, worauf es in dieser Situation ankommt.

Internationale Unternehmen, die wettbewerbsfähig sein wollen, sind in diesem Buch auch offen für philosophische Konzepte, die die Mitarbeiterzufriedenheit fördern (Alain, Kapitel 3, Teil 2). Die Hauptfiguren sind sich ihrer selbst bewusst und führen ein Leben, das ihren Erkenntnissen entspricht. So leben sie frei, erfolgreich und – da sie möglichst viele Seiten ihrer Persönlichkeit leben – auch glücklich (Lily, Kapitel 3 und 8).

Kreativ mit der Wirklichkeit und deren Fakten umgehen. Dieser Gedanke spiegelt sich auch in der optischen Wiedergabe der Geschichte wider. Das klassische Gerüst wird unterbrochen, das „Vorwort" wird wörtlich genommen und vor den Beginn des Buches gesetzt. Die Kapitel werden nicht wie gewohnt beendet oder stehen in der falschen Reihenfolge, um einige Beispiele zu nennen.

Der Lesenden (statt der Leser, die Leserin) wird aufgefordert zu interagieren – wie im Wirtschaftsleben auch. Dies geschieht durch ein Spielangebot zwischendurch und durch Denkangebote am Ende des Buches.

Philosophisch Denken im Dienste der Wirtschaft - viel Spaß und Erfolg!

Preface

Embedded in a ficticious project of the United Nations today's corporate world with its new demands and challenges is portrayed in this book.

A scenario is presented in which the theory is elaborated that philosophically trained participants of a company are more successful. At a scientific school of thoughts for economy and politics pupils also have to register for a course in ethics. Would this make confidentiality clauses superfluous in reality? Or would themes like corruption, compliance and fraudulent intentions dealt with to a better extent?

How would a company act whose players have all accomplished a further philosophical training? Would they be more successful with regard to process optimization as they are used to question everything and to analyse it basically to arrange the components anew? Just like the journalist Lily, who has the burning desire to get her questions answered and to find out how the complete system works (chapter 8). Will players who are motivated in that way make some of the convincing work of a change management superfluous?

What effect would such a philosophical training have on activities for the promotion of team building? Do these players contact new players to find out who they are and what they think?

In this book a creative, philosophically oriented person like the protagonist Ariana will have reflected enough to find out that a diplomatic training for the economy will be very useful to win clients for her global inventor company (chapter 7).

According to the theses of this book will those, who have learned to find things out by thinking, prefer to solve all their tasks on their own and only sometimes invite advising thoughts. And they will ask a consultant, trainer or coach on fewer occasions than communicate with their co-players. – Or work themselves in these professions. They will probably not start any superfluous discussions when it is simply about getting the piles of work done as they have realized what is important in this situation.

In this book international companies who want to be competitive are also open for philosophical concepts who promote the employee satisfaction (Alain, chapter 3, part 2). The protagonists are aware of them and lead a life that is in accordance with their insights. In this way they are free, successful and – as they are living as much sides of their personality as possible– also happy (Lily, chapter 3 and 8).

Face the reality and its facts and work with them in a creative way. This thought is also reflected in the optical reproduction of the story. The classical structure is interrupted the 'pre-face' is used literally and put at the beginning. The chapters do not end in the usual way or they are in the wrong order to mention some examples.

The reading person (instead of the reader) is asked to interact – just as in economic life. This is achieved by offering a game in between and by thinking games at the end of the book.

Philosophical thinking at the service of the economy – fun and success!

Comme Schönheit influences la paz

Ein fiktives Projekt der Vereinten Nationen

A ficticious project of the United Nations

Marion Wolters

Kapitel 1 - Können Gedanken Regierungen lenken?

Comme Schönheit influences la paz

„Comme Schönheit influences la paz" ist der Deckname eines Forschungsprojektes, das von 77 Regierungen der Vereinten Nationen aller 5 Kontinente finanziert wird. Es geht um die Frage, ob es möglich ist, durch ausschließlich telepathische Beeinflussung Frieden zwischen zwei verfeindeten Staaten zu schaffen. Was auch bedeuten würde, dass wir heute in der Steinzeit der Kommunikation leben", sagt die Erfinderin Ariana zu Winston, einem Historiker aus Cambridge, der gerade unaufgeregt seine blutende Wunde am linken Ringfinger verbindet. Ein Schnitt an einem Blatt Papier. Unerwartet und schmerzhaft. „Warum habt ihr den Auftrag erhalten?", fragt Winston, der als Unternehmensberater neben strategischen Beratungen auch seinen Kunden hilft, die Unternehmensgeschichte medienwirksam aufzubereiten. Er schaut in ihre grünen Augen mit den charakteristischen kleinen roten Punkten.

„Das Projekt wurde am Rande einer Konferenz hier in Genf in einem Nebensatz beschlossen und unser Unternehmen hat den Auftrag bekommen, weil wir unauffällig sind, ein „hidden champion". Mein Erfinderunternehmen ist zwar nur ein Miniunternehmen, doch z.B. mit unseren von Werbung und Presse unbemerkten, innovativen Gedankenbeschleunigern sind wir Weltmarktführer. Das am meisten verwendete Material ist übrigens Glas." „Ja, Gedankenbeschleuniger", lächelt Winston Ariana an. „Wie oft schon habe ich die kleinen Piktogramme auf den Tasten des fingerkuppengroßen Gerätes berührt. Und jedes Mal hat es mir in Sekundenschnelle die Informationen gegeben, die mir partout nicht einfallen wollten." Ariana erwidert sein Lächeln und erklärt weiter: „Wir haben auch die Möglichkeiten, um dieses Projekt, das nur ein paar Tage dauern wird, durchzuführen." Winston nimmt das Pflaster von seinem nun nicht mehr blutenden Ringfinger und fragt „Wie können wir das Projekt durchführen?" „Uns stehen dafür z.B. Telepathietransferatoren zur Verfügung, die wir der Einfachheit halber meistens ‚Transferatoren' nennen", informiert Ariana Winston. „Transferatoren sind Schüler unserer Gedankenschulen. Sie hört ein knackendes Geräusch und reißt die Tür auf.

Chapter 1 – Can thoughts guide governments?

Comme Schönheit influences la paz

'Comme Schönheit influences la paz' is the code name of a research project that is financed by 77 governments of the United Nations on all five continents. It deals with the question whether it is possible to exclusively create peace by telepathic influence between two enemy states. That would also mean that we are living in the Stone Age of communication', said the inventor Ariana to Winston, a historian of Cambridge who is just dressing his bleeding left ring finger. His cut was caused by a piece of paper. Unexpected and painful. 'Why did you get the order?', asks Winston, who assists his customers not only by strategically consulting them but also as a consultant who processes the company's history well-covered by the media. He looks into her green eyes with the characteristically small red points.

'In informal talks at a conference they made a decision for the project in a subordinate clause. And our enterprise has received the order as we are discreet, a 'hidden champion'. It is true that my inventor company is only a mini-enterprise. However, with our innovative thought accelerators which were unnoticed by market and press we are world leaders. By the way, the most used material is glass.' 'Yes, thought accelerators', Winston smiles at Ariana. 'How often do I have touched the little pictograms on the buttons on the device which is as big as a finger tip. And every time it has given me the information I could not think of in a matter of seconds.' Ariana returned his smile and continued explaining: 'We also have the possibility to perform this project that will last only a few days.' Winston takes away the plaster from his ring finger that does not bleed any longer and asks 'How can we perform this project?' We have telepathy transferators at our disposal, e.g. which we call 'transferators' for simplicitiy's sake', Ariana informs Winston. 'Transferators are pupils in our thought schools. She hears a cracking noise and tears the door open.

Kapitel 2 – In der Telephathieschule

Eine Transferatorin mit schönen und großen Augen kommt herein. Sie stellt einen Bildschirm vor Ariana und Winston auf:

Ein ca. 100 m^2 großer kreisrunder Raum wird sichtbar. Menschen jeden Alters sitzen auf Holz- und Metallstühlen oder auf dem Boden. Es gibt Teams, die sich am Rande gruppieren, andere arbeiten hinter einer Palme.

„Das ist die Telepathieschule", erklärt Ariana. „Hier erlernen bzw. erweitern die Menschen aller 5 Kontinente ihre telepathischen Fähigkeiten und erlernen Gedankentechniken. Zunächst wird festgestellt, wie weit sie ihre Fähigkeiten schon entwickelt haben. Danach wird dann ein individuelles Schulungsprogramm erstellt." „Und welche Fähigkeiten und Techniken erlernen die Schüler?", möchte Winston wissen. „ Die Schüler erlernen Telepathie wie wir heute eine Fremdsprache erlernen. Sensibilität, Vorausdenken, wissenschaftliche Gedankenschule." „Was verstehst Du unter ‚Wissenschaftliche Gedankenschule'", fragt Winston interessiert.

Die Telepathietransferatorin bildet Arianas Gedanken in Form eines Stundenplans ab:

Wissenschaftliche Gedankenschule

Anfänger	Eigene Gedanken kennenlernen
	Eigene Gedanken von anderen unterscheiden lernen
Fortgeschrittene	Gedanken konzentrieren
	Gedanken gezielt einsetzen
	Spezielle telepathische Übungen

„Klingt komplex", kommentiert Winston Arianas Ausführungen. „Unsere Gedankenschule existiert weltweit. Sie hat einen wissenschaftlichen Ansatz. Das bedeutet, dass wir die Gedanken, die telepathisch verschickt werden, vorher dokumentieren. Zwischendurch gibt es Tests und Wettbewerbe, damit die Schüler ihre Fortschritte bewerten können. Der Abschlusstest besteht aus 100 Gedanken, die die Lehrer einem Kandidaten schicken. Wenn er 97 Gedanken richtig empfangen und verschickt hat, hat er die Prüfung bestanden und darf sich „Telephat" nennen", fährt Ariana fort. „Da wir Telepathen für Wirtschaft und Politik ausbilden, sind von den 97 Gedanken 70 Gedanken aus wirtschaftspolitischen Bereichen. Die restlichen 30 Gedanken kommen aus den Themenkomplexen Wissenschaft und Psychologie. Die Schüler entwickeln auch viele Fähigkeiten, die die Geräte, die wir herstellen, ersetzen. So z.B. unseren Gedankenbeschleuniger. Doch nur wenige Schüler haben das Talent dazu. Daher brauchen wir uns keine Absatzsorgen zu machen.", fügt sie lächelnd hinzu.

Die Transferatorin zeigt parallel weitere Vorstellungen Arianas auf dem Bildschirm. „So stellen wir uns die Telepathieschule als Ausbildungszentrum für Wirtschaft und Politik vor. Meistens treffen sich Lehrer und Schüler jedoch außerhalb der Telepathieschule, da sie die Gedankenübertragung auch ohne Räumlichkeiten durchführen können. Ich habe dort einen Diplomatenlehrgang für die Wirtschaft abgeschlossen.", schließt Ariana ihre Erläuterungen. „Kann man in der wettbewerbsorientierten Welt der Wirtschaft als zurückhaltende Diplomatin Erfolg haben?", fragt Winston. Ariana bejaht das und lässt dem Lesenden viel Raum für seine eigene Phantasie und Erfahrungen. „Ich werde mich für die Telepathieschule anmelden und meine Frau fragen, ob sie auch Interesse hat.", beschließt Winston begeistert. „Vermutlich hängt es vom Einzelnen ab, wie lange er in einer Klasse bleibt, ob er in einem Team lernt oder vorwiegend allein", denkt Winston laut. „So ist es", bestätigt Ariana. „Einige Schüler absolvieren ihren Abschlusstest nach 2 Wochen, andere benötigen Jahre. Während manche in Lernteams arbeiten, halten andere Teamarbeit für ineffizient, weil sie alleine oder zu zweit schneller und qualitativ besser sind. – Anderes Thema: Unsere Freundin Lily führt gleich ein Interview zum Thema „hidden champions" mit einem telepathieerfahrenen

Chapter 2 – In the telepathy school

A female transferator with beautiful and big eyes comes in. She puts the screen in front of Ariana and Winston. A room which is perfectly circular and approximately about 100 square metres big becomes visible. People of all ages are sitting on chairs made of wood or metal or on the ground. There are teams who group themselves at the edge, others are working behind a palm tree. 'This is the telepathy school', explains Ariana. 'Here people of all five continents learn or expand their telepathic abilities and learn thought techniques. Initially they find out how far they have already developed their capabilities. According to that an individual schooling programme is produced. 'And what kind of abilities and techniques do the pupils learn?' ,Winston wants to know. 'Sensitivity, thinking ahead, scientific thought school.' 'What do you mean by 'Scientific thought school?', Winston asks interested.

The female telepathy transferator presents Ariana's thoughts shaped like a schedule:

Scientific thought school

Beginners	Get in contact with your own thoughts
	Learn to distinguish between your own thoughts and other people's thoughts
Advanced students	Concentrate on thoughts
	Practical application
	Special telepathic exercises

'Sounds complex', Winston comments on Ariana's explanations. 'Our thought school exists worldwide. It has a scientific approach. This means e.g. that we document thoughts before we send them. In between there are tests and contests so that the pupils can evaluate their progress. The final test consists of 100 thoughts the teachers send to a candidate. Provided that he has received and sent out 97 thoughts in the right way the candidate has passed the test and is permitted to be called 'telepath', Ariana continues to explain. 'As we educate telepaths for the economy and politics, 70 thoughts of all 97 thoughts are taken from economic-political fields. The remaining 30 thoughts will come from the group of themes 'science' and 'psychology'. The pupils also learn a lot of abilities which substitute many devices we produce, e.g. our thought accelerator. But only a few pupils have the talent for it. Therefore, we do not worry about our sales', she adds smiling. At the same time the female transferator shows Ariana's next ideas on the screen. 'This is how we imagine our telepathy school as an education centre for the economy and politics. However, most of the time teachers and pupils meet outside the telepathy school as they can perform their thought transfer also without premises. I have completed a course for diplomats working for the economy', Ariana concludes her explanations. 'Is it possible to be successful in a competitive world of the economy as a discreet diplomat?', asks Winston. Ariana affirms that and leaves the reader of these lines a lot of room for his own ideas and experiences. 'I will register for the telepathy school and ask my wife whether she is interested, too', Winston decides enthusiastically. 'Probably it depends on the individual how long he or she remains in a class. Whether he or she learns in a team or predominantly alone', Winston thinks aloud. 'So it is', Ariana confirms. 'Some pupils pass the exam after two weeks, other need years. Some are working in learning teams while others think that team work is inefficient as they are quicker and the quality is better when they were in ones or twos. – Another topic: Our friend Lily is interviewing somebody on the topic 'hidden champions' – someone who has a lot of experiences in telepathy – a

Kapitel 3 - Gehört verbale Verführung zum Geschäft? – Heißluftgefüge – Teil 1

Finanzmarktbeobachter! .

Lily führt das Interview mit Alain und genießt die subversive Kraft ihrer Worte. Ein Gefühl des Triumphes, die Gesetze des Marktes ausgetrickst zu haben, erfüllt sie. Sie kann als freie Journalistin von ihren Worten leben, ohne sich einer Popularität ausliefern zu müssen, die die Individualität ihres Daseins beeinträchtigt. Diesbezüglich lebt sie im Sinne des hier in Genf geborenen Philosophen Rousseaus, der die Freiheit des Menschen nicht darin begründet sieht, dass er tun kann was er will, sondern darin, dass er nicht tun muss, was er nicht will.

Ein onomatopoetisches Wortspiel gleitet kichernd in silbernen Silben das Treppengeländer herauf, während Alains und Lilys emotionale Intensität ineinander gleiten. Gefügige Buchstaben modellieren kreidefarbene Schleifen mit Liebesduft in ein dreidimensionales Heißluftgefüge. Gehört verbale Verführung zum Geschäft? Alain bemerkt schneller als Lily dass eine blitzschnelle Gedankendrohne im Anflug ist.

Chapter 3 – Is oral seduction part of the business? - Hot air structure, part 1

finance market observer!

Lily leads the interview with Alain and enjoys the subversive impact of her words. A feeling of triumph fulfills her, after outmanoeuvering the market's laws. As a free journalist she can live from her articles without surrendering herself to a popularity which disturbs the individuality of her being. In this way she lives in accordance with the philosopher Rousseau, who was born here in Geneva. He does not think that freedom has its reason in what someone can do, but in the fact that you do not have to do what you do not want.

An onomatopoetic pun glides giggling in silver syllables up the bannister while Alain's and Lily's emotional intensity glide in one another. Submissive letters model chalk-coloured bows with love scent into a three-dimensional hot air structure. Is oral seduction part of the business? -Alain realizes quicker than Lily that a thought drone is approaching.

Kapitel 4 – Das poetische Kapitel

Das Kapitel 4 ist ein Spiel. Es besteht aus den im gesamten Text kursiv gesetzten Sätzen. *Lily teilt ihm zu ihm eilend telepathisch den Treffpunkt mit: ein mit edlen hellen Holzmöbeln ausgestattetes Zimmer eines unbekannten Designers im Sonnenlicht des späten Nachmittags.* Sie haben auch die Möglichkeit, Kapitel 4 am Ende des Buches zu lesen.

Chapter 4 – the poetic chapter

Chapter 4 is a game. It consists of the sentences in italics throughout the whole text. *Lily informs him telepathically about the meeting point while hurrying to him: a room of an unknown designer with noble light wooden furniture in the sunlight of a late afternoon.* You also have the chance to read chapter 4 at the end of the book.

Kapitel 3 – Teil 2

In rasender Geschwindigkeit denkt er an ein bizarres Gedankenschneckenhaus in einem anderen Gedankenuniversum und schlüpft mit Lily dort hinein. *Schweigend experimentieren sie mit verschiedenen Kontexten um herauszufinden, dass sie sich nur eingebettet in einem wirtschaftspolitischen Kontext lieben können.*

„Wir sollten die Schriftgröße der Überschriften in der finanzpolitischen Rubrik ändern", denkt Lily ihren Kollegen Aaron wenig später in der Redaktionssitzung an.

„Das passt besser in die Marketingstrategie", fängt Aaron Lilys Gedanken später auf. Seine Ohren senden Buchstaben, die in Lilys Gedankenrezeptoren in sinnstiftende Sätze umgewandelt werden.

Alia betritt den vorletzten Satz, den Lily und Aaron gerade gedacht haben wie einen Raum. Am Ende der Redaktionssitzung unterhalten sie sich über kosmopolitische Themen. Bekanntlich gibt es weniger Zeitungsabonnenten in Spanien als in Deutschland. Die meisten Spanier kaufen ihre Zeitungen am Kiosk. Vielleicht sollte man künftig einen Gedankensender in die spanischen Zeitungen eindenken, der mit einem lockenden Spruch potentielle Leser daran erinnert sie zu kaufen? Gehört verbale Verführung zum Geschäft?

Verführung und Geschäft. Alain geht mit nach außen hin verhaltenem Enthusiasmus in seine Wohnung zurück. Ein 100 m^2 großer Raum ohne Wände empfängt ihn. *Durchdrungen ist es von einem subtilen aphrodisischen Bambusduft.*

Es ist 19 Uhr. Normalerweise Zeit, joggen zu gehen, geschäftliche Probleme zu lösen und zu reflektieren. Gestern fielen philosophische Gedanken wie Meteoriten in sein Gehirn. Vorstellungen vom unmerklichen, indirekten Regieren, das diejenigen, die regiert werden, glücklich machen soll. Dies entspricht der Art, wie er als Manager seine Abteilung leitet. Subtil und nachhaltig. Er hat die Erfahrung gemacht, dass es möglich ist philosophische Prinzipien im Wirtschaftsleben zu praktizieren, die motivationsfördernd und finanziell erfolgreich sind.

Heute muss er strategische Pläne beenden. Auf der sehr großflächigen Terrasse wachsen Bäume aller fünf Kontinente. Palo Santo Bäume aus Equador stehen neben australischen Grasbäumen. Algerische Zedern und japanische Kirschbäume teilen sich den Raum mit Zitrusbäumen aus Georgien und europäischen Buchen. Er mixt sich einen Milchkaffee mit einem Espresso, steckt einen Miniknopf in sein Ohr. Crescendo, diminuendo, crescendo. Die Musik öffnet seinen Geist und er erschrickt, als er wenig später

Chapter 3 – part 2

In high speed he thinks of a bizarre thought snail shell in another thought universe and slips into it with Lily. *Silently they experiment with different contexts to find out that they can make love to each other only in a context of economy and politics.*

'We should change the type size of the headlines in the fiscal column, too', Lily thinks to her colleague Aaron a little bit later in the editorial meeting.

'That fits better in with the marketing strategy', Aaron picks up Lily's thoughts a moment later. His ears send out letters which are changed in Lily's thought receptors into meaningful sentences.

Alia enters the sentence before last Lily and Aaron have just thought like a room. At the end of the editorial meeting they talk about cosmopolitan issues. As is well-known there are fewer newspaper subscribers in Spain than in Germany. Most Spaniards buy their newspapers at the kiosk. Should we think a thought sender with a tempting slogan into the Spanish newspapers which reminds potential readers to buy them? Is oral seduction part of the business?

Seduction and business. Alain goes back into his flat with an enthusiasm that is somewhat restrained on the surface. A room without walls sized approximately 100 m^2 welcomes him. *It is scented with a subtle aphrodisiac bamboo fragrance.*

It is 7 pm. Normally time to go jogging, to solve business problems and to reflect. Yesterday philosophic thoughts fell into his brain like meteorites. Ideas about an imperceptible indirect governing, so that those who are governed, are glad. This is in accordance with his own way to lead his department as a manager. In a subtle and sustainable way. He has experienced that it is possible to practice philosophical principals in economic life in a way that is promoting motivation and is financially successful, too.

Today he has to complete some strategic plans. On the very large terrace are a lot of small trees which grow quickly. Palo Santo trees from Ecuador are next to Australian grass trees. Algerian cedars and Japanese cherry trees share the room with citrus trees from Georgia and European beaches. He mixes a white coffee with an espresso, puts a mini button into his ear. Crescendo, diminuendo, crescendo. The music opens his mind and he is shocked when he receives a little bit later

Kapitel 5 – Ideenindustrie

die telepathische Nachricht erhält die im Kern besagt, dass Cloe und Kenzo-Hu, seine beiden engsten Teamkollegen die strategischen Überlegungen für das kommende Jahr, die er morgen Nachmittag seinem Chef vorstellen soll, nicht ausführen konnten. Der Vorstand hat sie für ein internationales Regierungsprojekt mit Vertretern der 5 Kontinente mit dem Titel „Comme Schönheit influences la paz" eingesetzt, das für die nächsten Tage priorisiert wird. Alain überlegt, ob er die Arbeit selbst erledigt oder sie einer Ideenindustrie übergibt. Er beschließt, die Aufgabe selbst zu erledigen und lädt beratende Gedanken für eine Stunde zu sich ein, deren Leistung er umgehend auf ihr Konto überweist. Nachdem sich die Gedanken verabschiedet haben, zieht er sich auf die stille Insel der Perfektion zurück. Er beendet seine Arbeit am frühen Vormittag, schläft ein paar Stunden und trifft sich zu einem späten Mittagessen mit Lily auf dem Balkon des Musée Ariana. *Eine diskrete und einfühlsame Annäherung hatte Alain sich vorgestellt.* Während sie gemeinsam über eine rote Gedankenampel gehen, lassen sie die pechschwarzen, wartenden Gedanken

Chapter 5 – Ideas industry

the telephatic news that informs him that Cloe and Kenzo-Hu, his two closest employees cannot think about the strategy for the next year which he has to present to his superior the following day in the afternoon. The management has asked them to work for an international government project with representatives of all five continents. The project is titled 'Comme Schönheit influences la paz' and designed to take priority for the next few days. Alain reflects whether he should do the work himself or whether he will hand it over to an idea industry. He decides to do the work himself and invites consulting thoughts for an hour whose performance he pays immediately afterwards by money transfer on their bank account. After Alain has said 'good-bye' to them, he withdraws on the still isle of perfection. He ended his work in the early hours of midmorning, sleeps a few hours and meets Lily for a late lunch on the balcony of the Musée Ariana. *Alain has wished a discreet and sensitive approach.* While they are walking over a red thought traffic light they quickly leave behind the pitch-black waiting

Kapitel 6 - Schwanenzeit

schnell hinter sich. Die Schönheit des gestrigen Morgens liegt noch auf Lilys Gesicht. „Was ist Schönheit für Dich?" fragt Alain sie. „Dankbarkeit, nicht nur Teil des Lebens zu sein, sondern mich in der Mitte des Lebens zu befinden und einen - aus meiner Sicht - wertvollen Beitrag zur Gestaltung der Welt leisten zu können", antwortet Lily. „Und für Dich?" möchte sie von ihm wissen. „Als wir uns gestern Vormittag zur Vorbesprechung des Interviews am Genfer See trafen, dass wir gegen Mittag im Hotel Wilson führten, lag Schönheit in der Luft. Es waren warme Julistunden. Kinder aller 5 Kontinente fütterten so viele Schwäne, wie ich sie noch nie gesehen habe. Lebendigkeit lag in der Schönheit dieser Szene. Nur ein paar weiße Federn blieben zurück."

Chapter 6 – Swans time

thoughts. The beauty of yesterday's morning is still lying on Lily's face. 'What does beauty mean to you?,' Alain asks her. 'Gratefulness, not only to be a part of life but to be in the centre of life and to perform a valuable contribution to create the world, from my point of view', answers Lily. 'And to you?', she would like to know from him. 'We had warm July hours yesterday morning when we met for a preliminary discussion at Lake Leman for the interview we performed at lunch time in the Wilson Hotel. Beauty was in the air. Children of all five continents fed so many swans I have never seen before. Vividness lay in the beauty of this scene. Only a few feathers remained.'

Kapitel 7 – Die UNO

Eine Stunde später trifft sich Ariana mit Kofi, einem hochrangigen ghanaischen Diplomaten im Salon des Delégees im UNO-Gebäude, dem Palais des Nations, um erste Projektdetails zu besprechen. In Ghana, seinem Geburtsland, werden die Kinder nach dem Wochentag benannt, an dem sie geboren werden. Wie sein berühmter Namensvetter, der ehemalige UN-Generalsekretär, war auch er an einem Freitag geboren worden.

Ariana erklärt Kofi telepathisch die Projektstruktur, die auf jedem der 5 Kontinente aus 5 Projektmitgliedern besteht. Jedes Team hat einen anderen Ansatz und teilt die Ergebnisse am Ende des Tages Ariana als internationaler Projektleiterin mit, die die Ergebnisse auswertet, um gegebenenfalls zeitliche oder inhaltliche Anpassungen vornehmen zu können. „Wie sichern wir die inhaltliche Geheimhaltung?" empfängt Ariana Kofis Gedanken. „Alle Mitglieder der Projektgruppen haben den Kurs „Diskretion" an einer unserer weltweiten Gedankenschulen bestanden. Er beinhaltet auch den Kurs „Ethik". Vor Projektbeginn haben alle Teams ihr Projekt in Gedanken der Diskretion eingehüllt und somit gesichert. Kofi führt Ariana in den Salle des Conseils, der von einem spanischen Maler künstlerisch gestaltet wurde. Die 5 Lampen, die die 5 Kontinente symbolisieren, wurden von Frankreich gespendet. Um Irritationen zu vermeiden, beschließen Ariana und Kofi für die bevorstehende Konferenz nicht zu telepathieren, sondern zu sprechen.

Ariana zieht ihren Petit Four – großen Gedankenversteher aus der Tasche und schaltet ihn ein. Kofi schaut ihr interessiert und fragend zu. „Das ist eine unserer diesjährigen solarbetriebenen Innovationen", beginnt Ariana die Fragen zu beantworten. „Der Gedankenversteher wurde mit den Sichtweisen der wichtigsten Politiker, Unternehmer, Philosophen und Wissenschaftler aller Disziplinen programmiert. Er spuckt innerhalb von Sekunden verschiedenste Sichtweisen zum jeweiligen Thema aus und transportiert sie in mein Gehirn. Damit ermöglicht er mir eine möglichst objektive Bewertung des Gesagten." Ariana ist gespannt auf die bevorstehende Debatte und schätzt die Gelegenheit sehr, da sie ihr Einblicke in die Welt der UNO und deren Diplomatie geben, die sie sonst nicht erhalten würde.

Ihre Geistesblitze speichert der Gedankenversteher und erstellt das Sitzungsprotokoll, das Ariana auf ein Gedankenverteilergerät überspielt und Kofi zur Verfügung stellt, damit er es später mühelos an die Sitzungsteilnehmer senden kann. Sie fragt ihn, wie er die Konferenzergebnisse beurteilt. Kofi spielt alle Szenarien in seinem Kopf durch, bevor er alle ihm zur Verfügung stehenden Informationen auf ein Minimum reduziert und die Antwort exakt formuliert. Ariana fragt nochmal nach. Kofi umgeht im Geiste alle möglichen sprachlichen Konfliktherde und beschließt mit Rücksicht auf die amerikanischen, australischen, indischen und russischen Vertreter, die sich gerade zu ihnen gesellen zu schweigen, um das geschaffene Vertrauen zu bewahren. Ariana versteht und gibt ihm die Möglichkeit, sein Gesicht zu wahren. Kofi stellt Ariana und das Projekt vor. Die Diplomaten erkundigen sich, welche Geräte ihre Firma herstellt. Ariana nutzt die Gelegenheit, die Motive der Diplomaten herauszufinden, um sie für sich und ihr Unternehmen zu gewinnen. Sie hört ihnen zu, nimmt sich zurück und bewegt sich bei der Lösung der technischen Probleme auf sie zu. Ariana denkt kreativ. Sie fängt die Fragen der Diplomaten telepathisch auf und lässt die Antworten darauf zwischendurch verbal einfließen. So verkauft sie ihnen im Laufe des Gesprächs für sie zu modifizierende Firmenprodukte mit entsprechendem Rabatt.

Ein übellauniger Tourist hat sich unbemerkt in den Saal geschlichen. Als er Ariana sieht, beschimpft er sie und ihr Unternehmen. Ariana rüstet innerlich verbal ab. Sie lobt den Touristen ausführlich, freundlich und unbeeindruckt für seine offene, ehrliche Rückmeldung, so dass er den Saal unverrichteter Dinge bald wieder verlässt. Ariana behält ihre Triumphgefühle für sich und wendet sich umgehend wieder Kofi zu, der ihr lächelnd die Bedeutung der spanischen Kunstwerke erklärt. Sie denkt an Lily, die am nächsten Morgen einen Artikel über

Chapter 7 – The UNO

An hour later Ariana meets Kofi, a high-ranking Ghanaian diplomat, in the Salon des Delégees in the UNO building, the Palais des Nations, to discuss the first details of the project. In his homeland Ghana children are named after the day of the week they were born. Just like his famous namesake the former UN Secretary-General who was born on a Friday, too.

Ariana explains the project structure which consists of five project members from each of the five continents. Every team has another approach and informs Ariana as the international Head of the project at the end of the day. So she can analyse the results and adjust them temporarily or with regard to content. 'How can we guarantee confidentiality?', Ariana receives Kofi's thoughts. 'All members of the project group have passed the course 'discretion' in one of our worldwide thought schools. It also contains a course in 'ethics'. Before the project has started all teams wrapped their project into thoughts of discretion and secured it thus.' Kofi leads Ariana into the Salle de Conseils with pictures of a Spanish painter. The five lamps symbolize the five continents. To avoid irritations Ariana and Kofi decide not to use telepathy but to speak.

Ariana pulls her thought understander which is as big as a Petit Four out of her pocket and switches it on. Kofi looks at her in a questioning look. 'This is one of our solar driven innovations of this year', Ariana starts to answer the questions. 'The thought understander was programmed with the point of views of the most important politicians, entrepreneurs, philosophers and scientists of all disciplines. Within seconds it sums up various points of views concerning the various topics and transports them into my brain. With that it makes it possible for me to judge in a most possible objective way.' Ariana is keen on the upcoming debate and appreciates the opportunity very much as it gives her insights into the world of the UNO and her diplomacy she would not get otherwise.

The thought understander saved her flashes of understanding and it creates the minutes of the meeting Ariana transfers to a thought circulator device and provides it Kofi so that he can send it to the meeting participants more easily. She asks him how he assesses the conference results. Kofi goes through all scenarios in his head before he reduces all information he has at his disposal to a minimum and shapes an exact answer. Ariana enquires again. Kofi avoids all possible linguistic areas of conflict and decides to be silent considering the American, Australian, Indian and Russian representatives who are just joining them to protect the trust that was just created. Ariana understands and gives him the possibility to face-saving.

Kofi introduces Ariana and the project. Both diplomats enquire about the devices her company is producing. She uses the chance to find out the motives of the diplomats to win them around. She listens to them, remains reticent and moves into their direction with regard to the technical problems. Ariana thinks creatively. Telepathically she picks up the questions of the diplomats and makes slip the answers verbally in between. So she does not only sell them the company products which have to be modified for them with the corresponding rebate in the course of the conversation.

A bad-tempered tourist has slipped into the hall. When he sees Ariana he insults her and her enterprise. Ariana disarms verbally inside. She praises the tourist extensively, friendly and is unimpressed by his open, honest feedback so that he soon leaves the hall without having achieved anything. Ariana keeps her senses of triumph for herself and directly turns to Kofi again, who explains the meaning of the Spanish works of art to her. She thinks of Lily, who will write an article about

Kapitel 8 – Das kleine Projekt

ein kleines Projekt schreiben soll. Es geht um die Frage, welche Auswirkungen ausschließlich telepathische Kommunikation auf verschiedene Bereiche der Wirtschaft, Politik und des Lebens haben. Es ist ihre Aufgabe, einen zusammenfassenden Bericht für Ariana über Kunst, Verkehr, Energie und Gesundheit zu schreiben.

Lily liebt ihren Beruf. Sie empfindet ihn fast als Urlaub. Auch weil sie gelernt hat, sich zwischen zwei Gedanken zu entspannen. Während ihr Geist sich permanent mit anderen Themen beschäftigt. Nebenberuflich lehrt sie das ‚Verhalten der Gedanken' an der Sorbonne. Sie präsentiert ihre eigenen Forschungsergebnisse in Zusammenarbeit mit Arianas Gedankenschulen z.B. zu den Themen ‚Wie bemerke ich die Entstehung eines Gedanken bzw. wie filtere ich unerwünschte Gedanken sofort nach der Entstehung oder dem Empfang aus? Wie lange benötigen einfache und schwierige Gedanken bis zu ihrer Verwirklichung?' Auf diese Weise erfährt sie viel Abwechslung und wenig Routine in ihrem Leben. Auch ermöglichen ihr ihre beruflichen Tätigkeiten, verschiedene Projekte und Ideen zu leben, die sich gegenseitig mit Gedanken und Gefühlen bereichern und so ihrem hohen Qualitätsanspruch gerecht werden. All dies trägt zur Lebensqualität bei und sie empfindet ihr Leben als in jeder Hinsicht reich und glücklich. Eine lichtdurchflutete Zeit.

Am nächsten Morgen fährt sie mit Alain und Winston vom Viertel Saint-Gervais an der Île Rousseau vorbei ins UNO-Viertel. Winston wird für die World Trade Organisation die historischen Daten neu interpretieren und die Ergebnisse anschließend der Kommunikationsabteilung zur weiteren Verwendung zu übergeben. „Muss ich links oder rechts ab?", fragt Lily Winston. „Mir fällt es so schnell einfach nicht ein." Sie sucht den Gedankenbeschleuniger um ihn einzuschalten. Doch Winston hat in der Gedankenschule in kurzer Zeit große Fortschritte gemacht, so dass er dem Gerät durch seine neuen Fähigkeiten schon jetzt Konkurrenz macht. „Du fährst gerade aus bis zum Broken Chair", antwortet er noch bevor sie ihren Gedanken zu Ende gedacht hat. Sie sehen dort Kenzo-Hu, Alains engen Mitarbeiter, der Alain bei seiner nächsten Besprechung unterstützen wird. Als Vizeweltmeister im Kanufahren hält er sich radfahrend in Form.

Alain sitzt neben Lily auf dem Beifahrersitz. Der Vorstand hat ihn gebeten, einen Vortrag im Wirtschafts-und Sozialrat der UNO zu halten. Er schätzt Alains Arbeit, sein Charisma und seine brillanten Gedankenführung, mit der er fast jeden Kunden für sich einnimmt. Die Zeitlosigkeit einer guten Präsentation.

Alain schätzt dies nicht nur als Chance. Für ihn geht damit - so nebenbei - ein langgehegter Wunsch in Erfüllung. Er ist so erfolgreich, weil er als ausgezeichneter Netzwerker vor

Ehrgeiz brennt und: weil er schlecht verlieren kann! Alain lebt nach dem Crescendo-Diminuendo-Crescendo-Prinzip. Im Moment durchtanzt er die Nächte mit seiner Freundin auf dem zweiten südseeähnlichen Crescendoplateau. Tagsüber erhält er beruflich die Aufgaben, für die er sich im letzten Jahrzehnt qualifiziert hat. Ein traumgleiches Leben in der sauberen, wohlhabenden, frankophonen Stadt Genf, die scheinbar unaufgeregt ihre Ziele verfolgt.

Lily lässt Winston und Alain aussteigen und fährt die lange baumreiche Straße zu den glasreichen modernen Gebäuden der WHO hoch. Dort wird sie herzlich von der Amerikanerin Shalina empfangen, die ihr ein Gerät übergibt, auf dem aktuelle Informationen der Weltgesundheitsorganisation erscheinen. Sie werden von kurzen Einblendungen der allgemeinen UNO-Ziele unterbrochen. „Das Gerät wird Ihnen viele Informationen für Ihren Bericht liefern", sagt Shalina. „Auch ist es von unserer Projektgruppe mit den aktuellen Erkenntnissen programmiert worden. So dass sich ein Treffen mit Vertretern unserer Organisation fast erübrigen würde – wäre da nicht das Team, das neue Ideenindustrien für die Gesundheit erforscht hat", macht sie Lily neugierig.

Stunden später verlässt Lily die Weltgesundheitsorganisation. Erfrischt und aufgeladen mit Ideen für neue Gesundheitsindustrien, die ihr praktikabel vorkommen, aber dennoch so viele ungeahnte Denkleistungen enthalten, dass sie immer wieder staunend den Kopf schüttelt.

Tiefgründige Gedanken
sind wie Banken
der Ideen für Zeiten,
die die Innenräume der Gedanken weiten.

Viel Arbeit wartet auf ihr kritisches, analytisches Denkvermögen, mit dem sie alle Informationen überprüfen und auswerten wird. Am Broken Chair findet gerade eine Demonstration statt. Sie sieht ihre und Arianas Freundin A'nah, eine indische Tanzlehrerin, die mit ihrem Mann, einem ehemaligen Analysten und ihrer kleinen Tochter in Genf lebt und Lily in ihre Tanzkünste einführt. Sie hat gerade Mittagspause und erholt sich am Springbrunnen sitzend. Als Lily sie sieht, parkt sie ihr Auto und sie beschließen in den nahegelegenen Botanischen Garten zu gehen.

Schützende Gedanken für empfindliche, öffentlichkeitsscheue Pflanzenwesen, die unentdeckt leben und unerkannt bleiben möchten, erwarteten sie am Eingang. Sie versprechen ihnen zarte Gedanken in ihren Herzen zu hegen, die gelebte Schönheit der Pflanzen wertzuschätzen. Und das Gleichnis hinter der Wirklichkeit zwar zu erkennen, es aber diskret für sich zu behalten, während des Spaziergangs durch den abwechslungsreich gestalteten Garten.

A'nah freut sich, Lily wiederzusehen. „Das Besondere an unserer Freundschaft ist, dass wir eine radikal offene Kommunikation pflegen, die sich so wohltuend von der scheinbaren Nähe anderer Freundschaften abhebt", lacht A'nah. Wie so oft beginnt sie ihren Satz in der englischen Sprache, um ihn mit einem französischen Halbsatz enden zu lassen. „Ja, das ist die Schönheit unserer Freundschaft", antwort Lily auf Spanisch und schaut auf eine pinkfarbene australische Blüte, die sie noch nie zuvor gesehen hat. Ein verkleideter Rosenstengel leckt ihre Blütenpollen an, bevor er sie wie einen Fußball in die Luft kickt und sie auf die Erde fallen wie ins Tor. Er hört wie Lily zu A'nah sagt: „Es ist nicht notwendig, schwere Themen in leichte Worte zu packen. Oder einen Enthusiasmus, der Steine zerbersten könnte in kleine appetitliche Häppchen zu zerhacken. Wir können ungewöhnliche Worte verwenden, verschiedene Sprachstile ineinander übergehen lassen und zwischen vier Sprachen wechseln." „Ja", stimmt A'nah auf Französisch zu und fährt auf Deutsch fort: „Und nebenbei stärken wir gegenseitig unser Selbstbewusstsein und den Glauben an unsere Projekte." Sie freunden sich mit drei arabischen Frauen an, die lachend Seil springen. Pflanzengedanken läuten sanft das Ende ihrer Mittagspause ein. Einfühlsam und eindeutig. Ein Gedankenzerstörer zertrümmert

...und im Original:

A'nah freut sich, Lily wiederzusehen. 'What makes our friendship special is our radically open communication qui se différencie de la proximité apparente d'autres amitiés' lacht A'nah. Wie so oft beginnt sie ihren Satz in der englischen Sprache, um ihn mit einem französischen Halbsatz enden zu lassen. " Si, en eso consiste la belleza de nuestra amistad", antwortet Lily auf Spanisch und schaut auf eine pinkfarbene australische Blüte, die sie noch nie zuvor gesehen hat. Ein verkleideter Rosenstengel leckt ihre Blütenpollen an, bevor er sie wie einen Fußball in die Luft kickt und sie auf die Erde fallen wie ins Tor. Er hört wie Lily zu A'nah sagt: „Es ist nicht notwendig, schwere Themen in leichte Worte zu packen. Oder einen Enthusiasmus, der Steine zerbersten könnte in kleine appetitliche Häppchen zu zerhacken. Wir können ungewöhnliche Worte verwenden, verschiedene Sprachstile ineinander übergehen lassen und zwischen vier Sprachen wechseln." „Qui", stimmt A'nah auf Französisch zu und fährt auf Deutsch fort: „Und nebenbei stärken wir gegenseitig unser Selbstbewusstsein und den Glauben an unsere Projekte." Sie freunden sich mit drei arabischen Frauen an, die lachend Seil springen. Pflanzengedanken läuten sanft das Ende ihrer Mittagspause ein. Einfühlsam und eindeutig. Ein Gedankenzerstörer zertrümmert

Chapter 8 – The small project

a small project. It deals with the question which impact exclusively telepathic communication has on various areas of the economy, politics and life. It is her task to write a summarizing article for Ariana about art, traffic, energy and health.

Lily loves her profession. She nearly perceives it as holiday as she has learned to relax between two thoughts. While her spirit is permanently busy with other topics. In addition to her main job, she teaches 'The behaviour of thoughts' at the Sorbonne. She presents her own research results in collaboration with Ariana's thought schools e.g. to the topics 'How can I realize the origin of a thought or how can I filter out undesired thoughts? How long do simple and difficult thoughts need until they manifest?' In doing so Lily has a lot of variety and less routine in her life. Her professional tasks enable her also to live various projects and ideas which enrich each other and fulfil her high quality standards. All this contributes to her quality of life and she perceives her life as rich and happy in every respect. A time full of light.

The following morning she drives with Alain and Winston from the quarter Saint Gervais to the UNO quarter passing the Île Rousseau. Winston will interpret historical data for the World Trade Organization and submit his results to the communication department afterwards. 'Do I have to turn left or right?', Lily asks Winston. 'It does not cross my mind so quickly.' She looks for her thought accelerator to switch him on.' But Winston has already made great progress in the thought school in a little while so that his new skills can compete with the device right now. 'You drive straight forward until you reach the Broken Chair', he answers before Lily ends her thought. They see Kenzo-Hu there, Alain's closest employee, who will assist Alain in his next meeting. As a world vice champion in canoeing he keeps in form by cycling.

Alain sits on the passenger seat. The management has asked him to give a lecture in the EcoSoc, the Economic and Social Council of the UN. They appreciate Alain's work, his charisma and his brilliant train of thought with which he nearly charms every customer. The timelessness of a good presentation.

Alain does not only appreciate this as a chance. For him a long-held wish came true. He is so successful as he is an excellent networker driven by ambition and: it is very hard for him to lose! Alain lives in accordance with the Crescendo-Diminuendo-Crescendo principle. At the moment he dances the nights away with his girl-friend on the second South Sea like crescendo plateau and receives the professional tasks over the day he has qualified for within the last decade. A life like a dream in the clean, prosperous, francophone town Geneva that persues its goals apparently in an unexcited way.

Lily lets Alain and Winston get out of the car and drives along the long wooden tree to the modern WHO buildings which are rich of glass. There she is welcomed cordially by Shalina, an American who hands over a device to her on which a lot of current information of the World Health Organization is shown. They are interrupted by short flashes of general UNO objectives. 'The device will provide you with a lot of information for your report', Shalina says. 'And it is also programmed from our project group with the current insights. So that a meeting with representatives of our organization would nearly be superfluous if there was not the team that has investigated the new idea industries for health' she intrigues Lily.

Hours later Lily left the World Health Organization. Refreshed and recharged with ideas for new health industries which appear feasible to her. However, they entail so many unexpected thinking performances that she keeps on shaking her head wondering.

Profound thoughts are
like ideas' banks
for times
which extend the interior of thoughts.

A lot of work is waiting for her critical, analytical thinking with which she checks and evaluates all information. There is a demonstration at the Broken Chair. Lily sees her and Ariana's girl-friend A'nah, an Indian dancing teacher who lives with her husband, a former analyst and her little daughter in Geneva. She introduces Lily into her art of dancing. She is just having lunch break and relaxes while sitting at the fountain. When Ariana sees her, she parks her car, and they decide to visit the nearby Botanic Garden.

Protecting thoughts for sensitive, publicity-shy plant creatures which live in an undiscovered way and prefer to stay incognito are awaiting them at the entrance. They promise to hold only tender thoughts in their minds, to appreciate the manifested beauty of the plants. And to recognize the parable behind reality, but to keep it discreetly while walking through the garden which is shaped rich in variety.

A'nah is pleased to meet Lily again. 'What makes our friendship special is our radically open communication which is differing pleasantly from the apparent proximity of other friendships', A'nah laughs. As often they start a sentence in the English language and end it in French. 'Yes, that is the beauty of our friendship', Lily answers in Spanish and points at a pink Australian blossom she has never seen before.

A dressed-up rose stem licks at its blossom pollen before he kicks it into the air like a football and makes them fall on the earth like into a goal. 'It is not necessary to wrap difficult issues into light words. Or hack an enthusiasm that could burst stones into small appetizing bits. We can use unusual words, let them merge into each other and shift between four languages.' 'Yes', Ariana agrees in French and continues in German: 'And besides we strengthen our self-assurance and faith in our projects.' They make friends with three Arabian women who skip rope. Plant thoughts softly ring the bell for the end of the lunch break. In a sensitive and unambiguous way. A thought destroyer smashes

...and in the original version:

A'nah is pleased to meet Lily again. 'What makes our friendship special is our radically open communication which is differing pleasantly de proximite apparent d'autre amitie '. A'nah laughs. As often they start a sentence in the English language to end it in French. 'Si, en eso consiste la belleza de nuestra amistad', Lily answers in Spanish and points at a pink Australian blossom she has never seen before.

A dressed-up rose stem licks at its blossom pollen before he kicks it into the air like a football and makes them fall on the earth like into a goal. 'It is not necessary to wrap difficult issues into light words. Or hack an enthusiasm that could burst stones into small appetizing bits. We can use unusual words, let them merge into each other and shift between four languages.' 'Qui', agrees Ariana in French and continues in German: 'Und nebenbei stärken wir gegenseitig unser

Selbstbewusstsein und den Glauben an unsere Projekte.'
They make friends with three Arabian women who skip rope.
Plant thoughts softly ring the bell for the end of the lunch
break. In a sensitive and unambiguous way. A thought
destroyer smashes

Kapitel 9 – Die Überraschung

am nächsten Morgen alle Gedanken, die Arianas
Konzentration stören könnten. Die Anstrengungen der letzten
Projekte machen sich bemerkbar. Sie freut sich auf den
Urlaub mit ihrem Partner Matthieu in den nächsten beiden
Wochen und fasst alle Ergebnisse, die sie von den
Projektgruppen der fünf Kontinente erhalten hat, zusammen.
Eine umfangreiche Arbeit, die sie den ganzen Tag beschäftigt.
Sie ist erleichtert, als sie Kofi am nächsten Tag die Ergebnisse
in den UNO-Räumlichkeiten fristgerecht präsentieren kann.
Sie telepathieren ausführlich und klären alle Fragen. Bis Kofi
eine Pause einlegt und in sich hineinlacht. Die Transferatorin
aus Kapitel 2 kommt herein und zeigt Kofis neuen Auftrag für
Ariana:

Ariana, bitte entwickeln Sie ein Gerät für die
UNO, das Gedanken lenken kann

Chapter 9 – The surprise

all thoughts that might destroy Ariana's concentration the next morning. The efforts of the last projects have made their presence felt and she is happy to join the holiday plans of her partner Matthieu for the next two week. She summarizes all results she has received from the project groups of all five continents. A comprehensive work she is busy with all day long. She is relieved when she can present Kofi the results the following day in the UNO facilities in time. They send thoughts telepathically in an extended way and clarify all questions. Up to the moment when Kofi makes a break and chuckles. The transferator of chapter 2 comes in and presents Kofis next order for Ariana:

Ariana, please develop a gadget for the UNO that can guide thoughts

Kapitel 4 - Das poetische Kapitel

Eine diskrete und einfühlsame Annäherung hatte Alain sich vorgestellt. Lily teilt ihm zu ihm eilend telepathisch den Treffpunkt mit: ein mit edlen hellen Holzmöbeln ausgestattetes Zimmer eines unbekannten Designers im Sonnenlicht des späten Nachmittags. Durchdrungen ist es von einem subtilen aphrodisischen Bambusduft.

Tiefgründige Gedanken
sind wie Banken
der Ideen für Zeiten,
die die Innenräume der Gedanken weiten.

Schweigend experimentieren sie mit verschiedenen Kontexten um herauszufinden, dass sie sich nur eingebettet in einem wirtschaftspolitischen Kontext lieben können.

Chapter 4 – The poetic chapter

Alain has wished a discreet and sensitive approach. Lily informs him telepathically about the meeting point while hurrying to him: a room of an unknown designer with noble light wooden furniture in the sunlight of a late afternoon.

Profound thoughts are
like ideas' banks
for times
which extend the interior of thoughts.

Silently they experiment with different contexts to find out that they can make love to each other only in a context of economy and politics.

Die Schlüsselwörter dieses Buches

The key words of this book:

subtil

enthusiasm

subtle

interactiv

discrete

empathisch   telepathy

Crescendo-Diminuendo-Crescendo

Telepathie

beauty   Glaube an sich selbst

peace   approach

believe in yourself

discrete

friendship

Annäherung   Enthusiasmus

empathetic

Telepathische Gedankenschule

Wer telepathische Übungen erhalten möchte, denke an **d a s** Schlüsselwort dieses Buches. Diese Seite ist als Tagebuchseite für die Entwicklung telepathischer Fähigkeiten gedacht.

Telepathic thought school

Those who want to receive exercises in telepathy may think of **t h e** keyword of this book. This page is designed as a diary page for the development of your telepathic skills.

Philosophische Gedankenschule

Diese Seite enthält 7 Minuten Zeit für reflektierende Gedanken oder 7 Minuten Zeit, um ein wirtschaftliches, wissenschaftliches etc. Problem philosophisch zu lösen wie Alain in Kapitel 3, Teil 2

Philosophical thought school

This page contains seven minutes to reflect thoughts or seven minutes time to solve an economic, scientific or any other problem in a philosophical way as Alain managed in chapter 3, part 2.

Comme

Wie realisierst Du Deine Ideen?

How do you realize your ideas?

Schönheit

Was ist **Schönheit** für Dich?

What does **beauty** mean to you?

influences

Können Gedanken Regierungen **beeinflussen**?

Can thoughts **influence/guide** governments?

la paz

Frieden durch Telepathie?

Peace via telepathy?

DANKE

THANK YOU

Dieses Buch ist in deutsch-französischer, deutsch-englischer und deutsch-spanischer Version erschienen.

This book was published in a German-French, a German-English and a German-Spanish version.

Dolmetsch- und Übersetzungsdienst
Marion Wolters
Geprüfte Dolmetscherin Englisch

+++ Wirtschaft +++ Politik +++ Medien
+++ Energie +++ Literatur +++